わすれないよ！
ヘッチャラくん

作●さえぐさ ひろこ
絵●わたなべ みちお

新日本出版社

ヘッチャラくんは、　こどもの　ロボット。
もりせんせいの　おじさんが　つくった　ロボットで、
ぼくらの　クラスに、二(に)しゅうかんの
『たいけんにゅうがく』で　やってきた。

くちぐせは、「ヘッチャラ　ヘッチャラ」。
ヘッチャラくんは、　えらそうな　ことを　いうかと
おもえば、　あかちゃんみたいな　ことを　するときも
あるんだ。

でも、となりの　せきの　ぼくの
なまえを　すぐに　おぼえたし、
けいさんも　はやい。さいしょは　とべなかった
おおなわとびも、とべるようになった。
ひっくりかえって　うごかなくなった　ことも
あったけれど、ヘッチャラくんは、げんきに　がっこうに
きている。

1――ぎゅうにゅうじけん

きゅうしょくの　じかん。
「ボクモ、カカリ　シマス」
ヘッチャラくんは、このごろ　なんでも　ぼくらと
おなじように　したがる。

きゅうしょくを　いっしょに　たべられないのが
ざんねんだけれど……。

ヘッチャラくんは、ぎゅうにゅうを　くばる　かかり。

「ハイ、ドウゾ」

「ありがと」

「ハイ、ギュウニュウデス」

「サンキュー」

（ヘッチャラくんが　くばっていると、みんな、なぜか
〝ありがとう〟って　いいたくなるんだよねえ）

ぼくが、そんなことを　おもっていたときだ。

ヤッチンの　どなる　こえがした。

「こら、へたっぴー」

みると、ヤッチンが　ヘッチャラくんを　にらんでいる。

でも、ヘッチャラくんは　いつものように、のんきな
ちょうしで　いった。

「ヘッチャラ　ヘッチャラ」

「なにが、へっちゃらなんだよ！」

と、ヤッチン。

「どうしたの？　ヘッチャラくん」
みくちゃんが、あわてて　かけよった。
みくちゃんは、まるで　ヘッチャラくんの　おかあさんに
なったように、いつも　ヘッチャラくんの　ようすを
きにかけている。
するど、ヤッチンの　そばに　いた　こたちが　いった。
「ヤッチンに　ぎゅうにゅうを　わたすときに、
ヘッチャラくんが　おとしたの」
「ヤッチンが、〝コンニャくん〟おどりを　おどってて、

てが　あたったからだよ」
〝コンニャくん〟と　いうのは、にんきの　テレビアニメの
しゅじんこうだ。
こんにゃくの　すがたをした　ヒーローで、だれかを
たすけたあとに、くねくねと　おどりだす。
ヤッチンは、そのまねが　とても　うまいんだ。
クラスの　みんなが　はなしだした。
「きゅうしょくの　ときに、ふざけてるほうが　わるいと
おもいます」

「でも、ヤッチンは、ちょっと
からかっただけじゃないの？」
「へっちゃらって　いわれたから、キレたんじゃない？」

「ヘッチャラくんは　ちゃんと　ひろったもん」
「おこることじゃないでしょ」
みんなに　いわれて、ヤッチンは、ふくれっつらのまま
だまっている。

ヤッチンも、ヘッチャラくんと　なかよくして
ほしいなあと、ぼくは　いつも　おもっていた。
でも、すぐ　おこる　ヤッチンに　なかなか
いいだせない。

ぼくは、りょうてを　にぎって　ちからを　こめた。
「『はらが　たったら、まず　しんこきゅう』って、
こうちょうせんせい、よく　いってるよ」
ぼくは、そういうのが　せいいっぱいだった。
すると、ヤッチンは　だまったままだったけれど、
ちょっとだけ　しんこきゅうしているように　みえた。

そのとき、ヘッチャラくんが　いった。
「コンニャクンオドリハ　オモシロイデス」

あはははは……。
みんな、ちからが　ぬけたように　わらいだすと、
ヤッチンも　おもわず　ぷっと　ふきだした。
そして、ヘッチャラくんに　いったんだ。
「ヘッチャラ、ごめん」
（ヤッチン、いいとこ　あるじゃない！）
ぼくは、すごく　うれしかった。
そのとき、パチパチパチ。

ずっと　だまって　ようすを　みていた
もりせんせいが、てを　たたいた。
「みんなで　よく　いけん　だしあえたね。
じゃ、きょうは、ヤッチャンと　ヘッチャラくんとで、
〝なかなおりグー〟ね」
ぼくらの　クラスで　なかなおりの　ときに　やる、
かたての　グーを　こつんと　ぶつける　やりかた。
「いい？　ヘッチャラくん、みててね」
せんせいと　ヤッチャンとで　グーを　ぶつけてみせた。

「ヘッチャラ　ヘッチャラ」
ヘッチャラくんが　ヤッチンと　グーを
こつんと　あわせた。

ぼくは、きゅうに　おなかが　ペコペコになった。

そして、きゅうしょくを　もりもり　たべた。

そんな　ぼくを　ヘッチャラくんが　じっと　みている。

きゅうしょくが　おわると、ヤッチンは
「さあ、コンニャくんおどりだ！」

と、はりきって　おどりだした。

ぼくも、くねくね　くねくね。

キュイコン　キュイコン。

ヘッチャラくんも、おしりを　ふりふり。
「わたしも！」
げんきな　みくちゃんは　もちろん、ふだんは
おとなしい　さよちゃんも、みんなと　おどった。

2――えは　かける？

「さあ、きょうは、うんどうじょうで　えを　かくよー。すきなもの　かいていいからね」

せんせいが　いったので、ぼくは、ヘッチャラくんにきいた。

「ヘッチャラくん、えは　かけるの？」

「ハイ、モチロンデス」

ヘッチャラくんは、つくえの　なかから、まっさらの
クレヨンを　とりだした。

「それ、もりせんせいの　おじさんが　かってくれたの？

三十六（さんじゅうろく）しょくなんて　いいなあ！」

「ハイ、トテモ　イイデス」

「あゆむ、はやく　そと　いこうぜ！」

ヤッチンは、こっそり　ボールを　もっている。
（ははーん、さては　えを　さっさと　かいて、あそぶ
つもりだな）
「ヘッチャラくん、そと　いくよ」
ぼくが　いうと、ヘッチャラくんは、
「ココデ　カキマス」
と、いった。
（へえ、ヘッチャラくんって　じぶんが　したい　ことを
はっきり　いえるんだね）

「じゃ、もし　そとで　かきたくなったら、おいでよね」

ぼくは　そういって、うんどうじょうへ　でていった。

「なに、かこうかな？」

ぼくが　きょろきょろしていると、

「ジャングルジムは？　いろんな　いろ、ぬらなくていいかも」

と、ヤッチンが　わらった。

「さすが　ヤッチン」

ぼくが　ヤッチンと　ジャングルジムの　えを
かいていると、もりせんせいが　みまわりに　やってきた。
「まさか、『さっさと　かいて、あそぼう』なーんて
おもってないよね？」
（あちゃー、ばればれ）

「せんせい、ヘッチャラくん、ひとりで　なんか
かいてた？」
　きょうしつで　ひとりでいる　ヘッチャラくんの　ことが
きになっていたので、きいてみた。
「うん、がようしに、おおきな　まるを　かいてたよ」
「へーえ、まる？　なにを　かいてるんだろう？」
　えを　かきおわって、ぼくらが　きょうしつに
もどると……。

「わあ！」

ヘッチャラくんが、きょうしつの　うしろの　ゆかに、まるを　いっぱい　かいている。

「ヘッチャラくん　なに　してんの？」

「あーあ、やっちゃった！」

「やっちゃったねえ」

「えは、がようしに　かくものなんだよ」

がっきゅういいんの　はなまるくんが　ぴしっと

いった。

でも、ヘッチャラくんは、いつもの　ちょうし。

「ヘッチャラ　ヘッチャラ」

「あちゃあ、これだからなあ」

「でも、かけるなんて　おもわなかったよ」

「まるって、なんのつもりなんだろうね？」

ヘッチャラくんが　かいた　え。

まるに、たてや　ぐるぐるうずまき。

まるの　なかには　てんてん。

「これ、ひとの　かおじゃない？」

みくちゃんが　ゆびを　さした。

「これ、メガネだよ。

だから、あゆむくんだよ！」

「えっ、ぼく？」

たしかに　メガネを　かけている。

「そうだよ、これって
もしかして……？
かぞえてみよう」
はなまるくんが　いったので、
みんなで　まるを　かぞえた。
「一（いち）、二（に）、三（さん）、四（し）……」
ちょうど、クラスぜんいんの　かずだ。

「それで、こっちの　がようしに　かいてある　おおきな
まるが、もりせんせいなんだよ」

はなまるくんが、いったので　みてみると、どこか
もりせんせいに　にている。

「ヘッチャラくん、すごいや！」

「てんさい！」

「みんなの　こと、かいてくれて　ありがとう」

と、さよちゃんが　いった。

ぼくらは、かわるがわる、ヘッチャラくんの　あたまを

つるつるつるつる　なでた。
「おまえ、ちょうしに　のんなよ」
ヤッチンが、わらいながら　ヘッチャラくんの　わきを
こちょこちょ　くすぐった。
「ヘッチャラ　ヘッチャラ」
そういいながら、ヘッチャラくんは　わらっているように
みえた。

3――〝よっこらやま〟へ

きょうは、よっこらやまへ　えんそく。
えんそくには、さよちゃんも　いくことになった。
からだが　よわかった　さよちゃんが、ちかごろは
ずいぶん　げんきになってきたからだって、せんせいが

はなした。
それに、ヘッチャラくんも　いっしょ！
クラスぜんいんで　いけるんだ。
やまの　ふもとまでは、でんしゃに　のった。

でんしゃに　のると、ヘッチャラくんが、めずらしそうに
つりかわを　みあげて　りょうてを　あげている。
「あれっ、もしかして　もちたいの？」
ぼくが　いうと　どうじに　ヤッチンが、

「もたせて　やろうぜ」

と、いってきた。

「それっ」

「よいしょっと」

ふたりで、ヘッチャラくんを　もちあげた。

「ああ、もう　ちょっとなのになあ……」

すると、そばの　はなまるくんまで　てつだってくれた。

「ヘッチャラくん、しっかり　もって！」

うそみたいだ。

いつもなら、こんなとき　ぜったい　きびしく
ちゅういを　するはずの　はなまるくんが……。
ヘッチャラくんが、つりかわに　ぶらさがった。
「ユラユラ　ユラユラ　シテイマス。
ユラユラ　ユラユラ」
「こらっ、そこ、でんしゃの　なかで　あそばない！」
（うわっ、せんせいに　みつかった）

いよいよ、よっこらやまに　のぼっていく。

やまといっても　ちいさな　おかで、みちは　なだらか。

これなら、さよちゃんも　だいじょうぶかな？

ヘッチャラくんは、キュイコン　キュイコン、じょうずに
のぼっていく。

「すごいなあ」

「やるねえ」

ところが、さよちゃんは、はあ、はあ、はあ。

しんどいのかな？　と、ぼくが　おもった　そのときだ。

「リュックヲ　モチマス」

ヘッチャラくんが、さよちゃんに　りょうてを
のばしている。

「えっ、おもくても　だいじょうぶ？」

「ヘッチャラ　ヘッチャラ」

ヘッチャラくんが、さよちゃんの　リュックを　せおった。

「どうも　ありがとう」

「ヘッチャラくん、かっこいい！」

ぼくが　いうと、ヘッチャラくんが　いった。

「イイエ、ソレホドデモ」

ちょうじょうに　ついてから、あそんでいるときだ。
「きゃっ」
「オットット」
てを　つないでいた　さよちゃんと　ヘッチャラくんが
きの　ねっこに　つまずいて　ころんだ。
さよちゃんは　てのひらを　すりむいて、
ヘッチャラくんの　うでには、すこし　きずが
ついてしまった。
「これぐらい、へっちゃらよね」

せんせいが　そういって、さよちゃんの　てに
ばんそうこうを　はると、ヘッチャラくんが　いった。
「ヘッチャラ　ヘッチャラ。ボクモ　シマス」
ぼくらは、くすくす　わらった。
せんせいは、ヘッチャラくんの　うでにも
ばんそうこうを　はった。

かえりみち、ぼくと　ヤッチンが、さよちゃんの
リュックを　こうたいで　もった。

4――さよなら　またね

二しゅうかんは　あっというまに　すぎてしまった。
とうとう、ヘッチャラくんの　たいけんにゅうがくの
おわりのひが　やってきた。
「ヘッチャラくんは、おじさんの　ところで、もっと

かしこい　ロボットになるよう　けんきゅうされるの」

せんせいが　いうと、みんな　さわぎだした。

「ヘッチャラくんは、このままがいい！」

「もっと　かしこくなんて、しないでいいって！」

「ずっと、ぼくらの　クラスに　いてほしい！」

（あしたからも　ヘッチャラくんは、ぼくの　となりに
いなきゃ。ねえ　ねえ、ヘッチャラくん……）

ヘッチャラくんを　みると、ヘッチャラくんが　おおきな
めで　ぼくを　みつめていた。

ぼくらは、このひのために、うたを　れんしゅうしてきた。
しを　かいたのは、さよちゃん。きょくを　つくったのは
せんせいで、しきをするのは　はなまるくん。

♪いーつも　げんきな　ヘッチャラくん
ヘッチャラ　ヘッチャラ　いいながら
みんなを　あかるくしてくれた
かだんで　ずぶぬれ、おおさわぎ
ゆかいっぱいに　えを　かいた

なわとび、えんそく、わすれない
たのーしかったよ　ヘッチャラくん

ありがとう　ヘッチャラくん♪

ぼくらは、おおきな　こえで
〝ヘッチャラくんのマーチ〟を　うたった。

うたが　おわると、ヘッチャラくんが、てを　たたいた。
ピュイン　ピュイン　ビュイン　ビュイン。
つぎは、プレゼントを　わたす　じかん。
ぼくらが　それぞれ　かいた　ヘッチャラくんの　え。

「ヘッチャラクンガ　イッパイデス」

それから、ひとりで　とべる　なわとび。
ヘッチャラくんの　からだと　おなじ　きいろで、
キラキラ　ひかっているのを　ぼくと　みくちゃんが
おみせで　みつけたんだ。
「ナワトビハ　ヘッチャラ　ラン、ヘッチャラ　ラン。
アリガトウ　ゴゼエマス」
きゃはは。
そうだ、はじめて　クラスに　きたひも、
「ヨロシク　オネゲエシマス」に、わらったなあ。

「ヘッチャラくんの　こと、ぜったい　わすれないよ」
「ヘッチャラくん、ありがとう」
みんな　じゅんばんに、ヘッチャラくんと　あくしゅを
したり、ハグをしたり。
でも、とうとう　もりせんせいの　おじさんが、
くるまで　むかえにきた。
「みんな、この　二(に)しゅうかん、ヘッチャラくんと
なかよくしてくれて、ほんとうに　ありがとう。

ヘッチャラくんからも　もりせんせいからも
たのしい　はなし、いっぱい　きいているよ」
「また、つれてきてね」
「ぜったいだよ」
「やくそくね」
「ああ、きっとな」

「ばいばい」
「また　あおうね」

「げんきでね」

「サヨウナラ」

ヘッチャラくんが　くるまに　のると、ぼくの　めの
おくが　あつくなって、じんじんしてきた。

そのとき、となりで　ズズッという　おと。

みると、ヤッチンが　ズビズビ　ないている。

(ヤッチン……)

ぼくも　じぶんの　はなみずを　ふきながら、
ヤッチンの　せなかを　たたいた。

「ヤッチン、へっちゃら　へっちゃらだよ」

ヘッチャラくんの　のった　くるまが　にじんで
とおくなっていく。
ぼくらは、くるまが　みえなくなってしまっても、
ぶんぶん　てを　ふりつづけた。

作・さえぐさひろこ
大阪府生まれ。作品に『ヘッチャラくんがやってきた！』『こざるのシャーロット』（共に新日本出版社）、『むねとんとん』（小峰書店）、『ねこのたからさがし』（すずき出版）、『くまくんとうさぎくん　くもようび』（アリス館）、『シランカッタの町で』（フレーベル館）、『トンチンさんはそばにいる』（童心社、産経児童出版文化賞ニッポン放送賞受賞）など多数。

絵・わたなべみちお
兵庫県生まれ。イラストレーター。京都精華大学で洋画と版画を学ぶ。卒業後はシルクスクリーンの版画工房に勤務、プリンターの仕事をする。一九八九年にフリーランスのイラストレーターとして独立。子どもの本の仕事に『ヘッチャラくんがやってきた！』（新日本出版社）がある。二〇〇九年、二〇一一年、二〇一四年、ボローニャ国際絵本原画展入選。

913　さえぐさひろこ・わたなべみちお
わすれないよ！　ヘッチャラくん
新日本出版社
62 P　22cm

本作品は、「毎日小学生新聞」2014年6月1日号～7月27日号に連載されました。単行本刊行にあたり、加筆・改稿しています。

わすれないよ！　ヘッチャラくん

2018年1月25日　初版発行　　NDC913 62P 22cm

作　者　さえぐさひろこ　　画　家　わたなべみちお
発行者　田所　稔
発行所　株式会社 新日本出版社
〒151-0051　東京都渋谷区千駄ヶ谷4-25-6
電話　営業03（3423）8402／編集03（3423）9323
info@shinnihon-net.co.jp　www.shinnihon-net.co.jp
振替　00130-0-13681
印　刷　光陽メディア　　製　本　小高製本

落丁・乱丁がありましたらおとりかえいたします。

ISBN978-4-406-06199-5　C8393　Printed in Japan